내가 어리석어

내가 어리석어

초판1쇄 인쇄 | 2017년 4월 1일
초판1쇄 발행 | 2017년 4월 5일

지은이 | 오정환
펴낸이 | 김진성
펴낸곳 | 빛나래

편집 | 정소연, 허강, 박진영
디자인 | 장재승
관리 | 정보해

출판등록 | 2012년 4월 23일 제2016-000007호
주소 | 경기 수원시 팔달구 정조로 900번길 13, 202(북수동)
전화 | 02-323-4421
팩스 | 02-323-7753
이메일 | kjs9653@hotmail.com

ⓒ 오정환
값 10,000
ISBN 978-89-97763-12-2 03810

오늘의 시선 · 2

내가
어리석어

오정환 지음

벗나래

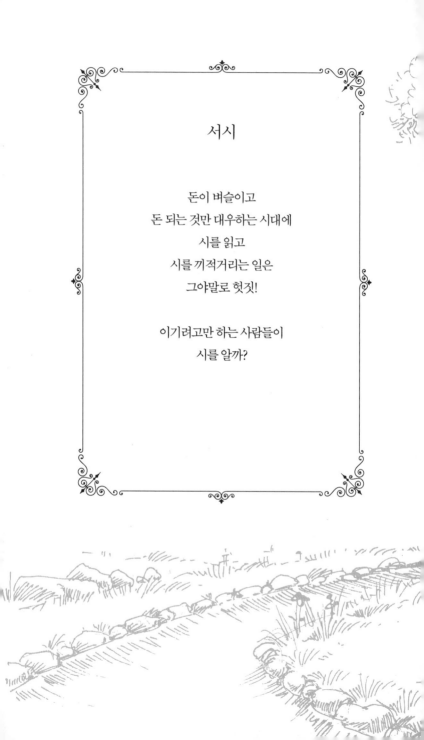

서시

돈이 벼슬이고
돈 되는 것만 대우하는 시대에
시를 읽고
시를 끼적거리는 일은
그야말로 헛짓!

이기려고만 하는 사람들이
시를 알까?

|차례|

1부

2부

1부

독서 1

한 꺼풀
벗겨낼 수 있고

한 겹
두텁게 할 수 있는

어리석음 벗기고
그릇을 채우는

더 이상 바랄 것도 없는

독서 2

머리에 번쩍하고
생각을 얻는 것

그 생각에 날개를 다는 것

독후讀後

책 한 권 모두 읽고
새벽녘 잠에 드니
세상이 내 것 같아 가슴이 부듯하다
내일은
어떤 책으로
이 기쁨을 맛볼까

반쪽 난 서점

언제부터 커피를 그렇게 즐겼는지
가끔 찾는 서점은 반을 뚝 잘라내어
커피숍에 자리를 내주었다
서점에는 몇몇이 드문드문 책을 고르는데
유리벽 속으로 보이는 커피숍은 빽빽하다
서점 문 닫는 곳이 부지기수라
크기 줄어든 게 대수인가 싶다가도
책 한 권으로 사람을 바꿀 수도 있는데 하며
씁쓸한 기분으로 서점을 나오다 깨달았네
나도 서점보다 커피숍 간 횟수가 많다는 사실을
내가 서점 잘라낸 범인이라는 사실을

목표

정말로 사랑한다면 기다리란다

시간이 걸리더라도
답답하더라도
기다리란다

기약할 수 없는
캄캄한 길을 걷더라도

진정 사랑한다면
정말,
이루고 싶다면
기다릴 수 있어야 하리라

고독사

주택가 골목길에 있는 옥탑방에서 72살 최 모 씨가 숨진 지 이
레 만에 발견되었다. 월세를 받으러 온 집 주인이 발견했다는
데, 그는 뼈만 남겼다

죽어서
혼자인 게 뭐가 문제인가
어차피
혼자 갈 길인데

살아있을 때
혼자인 게
괴롭지

외로움은 두고 가셨나

후회 1

꽃 필 때
그 아름다움 모르다가
다 진 다음
꼭 한 발 늦게 깨닫는
어리석음

사랑할 때는 사랑을 모르다가

후회 2

인간은 어느 정도 먼지를 묻히고 사는 존재라
웬만하면 그럴 수 있다고 이해 못할 것도 없지만
그래도 잘못을 인정하고 용서를 비는 것이
사람의 도리인 것만은 분명한데
어찌된 일인지 공부깨나 했다는 양반들이
한때는 빛나는 얼굴로 존경을 받던 사람들이
잘못을 잘못인 줄 모르고
뻔한 것을 아니라고 잡아떼며
얼굴에 분칠을 하고 어물쩍 넘어가려는 꼴이
어쩌면 그렇게 뻔뻔할 수 있는지
더 억울하고 속상한 일은
잘못을 모르는 사람들이 더 높이 오르고
속이는 사람들이 더 부자가 되고
뻔뻔한 사람들이 더 큰 힘을 갖고
우기는 사람들이 승리하는
언제부터 이토록 더럽게 되었는지
이러고도 희망을 이야기할 수 있는 건지
내가 너무 순진하게 인생을 산 것은 아닌지
살짝 후회되는 요즘

상승효과

수박을 된장에 찍어 먹어보았는가
된장의 짠맛과 섞이며
수박을 더 달게 느끼는 현상
이런 것을 우리는 상승효과라고 하지
푸른색과 빨강색이 비슷거림 없이
이런 맛 낼 수 있다면
허망하게 화단으로 몸 날리는 사람
아슴아슴 길거리 헤매는 사람
제 손으로 제 목을 조르는 비참은, 좀
줄어들지 않겠는가

여유

마음 맞는 사람을 만나면 이 또한 기쁘지 아니한가

사직단 앞 지하도를 건너
광화문과 경희궁 사이에
대구탕 잘한다는 집에서 점심을 먹고
영산홍이 피어 있는 공원에 앉아
아이스커피를 마시며
앞으로 쓸 책과
시와
강의와
미래를
편안하게 수다했다.

태양이 성큼 다가온 늦봄
오후의 여유

헌 구두

내가 힘없이 걸을 때나
씩씩하게 걷던 그 길을
모두 기억하고 있으리

바쁘게 뛰어다닐 때도
노심초사 가슴 조리며 서성거릴 때도
또는 반가운 사람을 만나러 갈 때도
비 오는 날이나
눈 오는 날이나
늘 반짝이던 구두였는데

나도 언젠가는 찌그러져
먼지 쌓인 채로
구석에 처박힐 날 있으리

똥에 감사

누구나 다 똥을 품고 산다

하루에 세 사발밥과 국을 먹고
똥 한 바가지씩 만들어 낸다
똥을 만들 때 내는 그 기운으로
우리가 사는 것이다

똥이 처음부터 똥이었겠나
처음엔 흰 쌀밥이거나 산해진미였을 텐데
우리 몸 살리려 알맹이 다 빼주고
찌꺼기만 남은 것이다
우리 엄마처럼 남은 것이다

날

해 하나에
날 삼백육십오 개가 내 앞에 서 있다
하나씩 쉬지 않고 넘어가는
도미노 같은 만날, 날을
시퍼렇게 갈아야 날 통제할 수 있다

정신없이 넘어가는 날과 날 사이에서
매몰되지 않으려고
가슴에 날을 벼린다
세운 날로 날개를 깎아야 한다

넘어가게 할 것인가
넘을 것인가

중독

때로는 빈둥거리고 싶을 때가 있지
뭘 해도 집중이 안 되는
오늘이 꼭 그날이네
비가 시원하게 내리니
어디 나가기도 그렇고
소파에 누워 잠도 자보고
아침에 읽은 신문
다시 한 번 들쳐보며
괜히 커피나 한잔 더 마시고
비 내리는 모습을 보다
'비 내리는 호남선'을 흥얼대고
거리의 사람을 구경하고
첫사랑도 생각해보고
유투브에서 동영상도 뒤져보고
그렇게 한참을 빈둥거리다 보면
스멀스멀 피어오르는 불안감

비가 세차게 내리는 날에는

비가 세차게 내리는 날에는
비 구경을 하는 것도 좋습니다

내리는 비를 가만히 보고 있으면
저절로 미소를 짓게 하는
좋은 추억으로 떠오르는 사람도 있고
마음 아픈 사연을 지닌 사람도 있고
가슴 시리게 그리운 사람도 있는데

가슴 시리게 그리운 사람은
보고 싶어도 참아야 하는 사람이라
보면 안 되는 사람이라
가슴속 가장 깊은 곳에 숨겨놓고
비 구경을 할 때나 떠올려봅니다.

그럴 때마다 그리움은
세차게 내리치는 빗줄기만큼이나
강렬하게 파고들어
내리는 비에 흘려보내려 애를 써도
조금도 지워지지 않고 답답함만 더해

아, 차라리 내가 비가 되었으면 좋겠네

내 몸 세차게 부딪쳐 산산 조각 나더라도
차라리 비였으면 좋겠네
번쩍이는 벼락을 품고 내리는
고함치는 천둥을 품고 내리는
저 빗줄기라면, 그러면 좀,
가슴이 시원하겠네

별이 지다

작년 여름, 가막살나무 열매처럼 붉게 나타나
그토록 가슴 설레게 하고 밤마다 나를 밖으로
끌어내던 별이 가을 겨울을 지나며 서서히 빛을
잃더니 이젠 아주 사라져버렸다

나는 안다
내가 더 눈을 작게 뜨고 마음을 쏟으면
전혀 보지 못할 것도 아니지만
내 마음에서도 별이 지고 있다는 것을
그리하여 이제는
호숫가에서 처량해질 필요 없음을
청명산에 올라 헤매지 않아도 됨을
이 세상엔 영원한 것이 없다는 사실을
담담하게 받아들여야 함을

새벽

무참히 실패한 사람에게
다시 시작하라고 있는 것

승승장구하는 사람에게
잠시 생각하라고 있는 것

우리 모두에게
깨어 있으라는 뜻

시작

별하나가뚝떨어져가슴으로들어왔네

이 설렘
이 뜨거움

광화문 세종대왕 동상 앞에서

이런 대통령
다시 한 번
봤으면 좋겠네

젠장!

강의

강의를 한다는 것은
한가로운 호수에
돌멩이 하나
던지는 것.

경고

침통과 분노로 들끓어도
해가 지고 해가 뜨듯
우리는 다시 일상으로 돌아가고
그렇게 잊을 때쯤
배는 또 침몰하고
비행기는 떨어지고
빌딩은 무너져
우리는 다시 슬픔에 잠기고
분통을 터뜨리며
이런저런 뒷북으로
호들갑을 떨지만, 잠깐뿐
해가 뜨고 해가 지듯
다시 일상으로 돌아가고
바뀐 것은 하나,
지금 살아있는 자들의
개죽음
그것이 내가 될 수도 있고
내 자식이 될 수도 있고

진짜 부자들

사방을
대리석으로 두른 집에서
잠을 자는

나라에서
가장 넓은 서재를
옆방에 둔

수많은 방문객이
드나들어도
까딱도 하지 않는

광화문역 노숙자
누가 이들을 비루하다 하는가?

자식들

모임에서
한 선배는 자기 둘째 딸이
명문대 치의예과에 합격했다고
밥을 사며
석사 받고 박사 받고 교수하려면
십수 년은 걸릴 거라며
기분 좋은 푸념을 한다

한 친구는 자기 딸이
학점 3.0이 안 돼
국가장학금도 신청할 수 없다며
"뭐 그런 년이 다 있냐?"고
힘든 이야기를 하고

한 후배는 늦게 장가가서
이제 겨우 초등학교 5학년 딸을
언제 대학 보내고 언제 시집보낼지
까마득하다는데, 거기다 대고
이제 나이 먹어
네 딸 시집가는 거나 볼 수 있을지 모르겠다고
농담하며 한바탕 웃고 있을 때

옆에 있는 후배가 그런다
이 정도 나이 먹고 보니
자식 잘되는 것만큼
기분 좋은 일 없다고

2부

아늑한 옛날 일

나 태어나 백일 되는 날이 정월 초하루라 석 달 그믐날 어머니
는 수수팥떡 해놓고 일 나간 아버지 돌아올 때만을 기다리는
데 망년회를 한다는 아버지는 밤늦도록 돌아오지 않았다고

내일이 애 백일인데 좀 일찍 들어오지 않고 뭐하는 거여, 하며
아버지를 찾아 나서서 이 집 저 집 술집을 뒤지는데 한 집에서 기
차화통 삶아먹은 듯한 아버지 큰 목소리가 들렸다고

창호지로 바른 창문 뚫린 구멍으로 몰래 안을 들여다보니 아
버지와 친구분들이 옆자리에 기생 하나씩 끼고 술을 자시더라
는데,

어머니는 안 봐도 될 것을 보고 말았던 것인데 지금 젊은 것들
같으면 백일이고 뭐고 다 때려치웠을 것인데, 그때 하늘이 하
얀 눈을 내리고 있었다고

유년 기억

시멘트 계단을 한참 올라야
언덕 위에 교회가 있었다.
커다란 느티나무에서
매미들이 쉬지 않고 울어댔다.

초등학교 1학년 땐가
방학 때 먹을 것 준다기에
친구 손에 끌려
성경학교라는 델 처음 갔다.

시원한 마룻바닥에 앉아
종이접기도 하고 과자도 먹으며
신나게 하루를 보냈는데
내일 올 때는
크레용과 스케치북을 가져오란다.

우리 집에는 그런 것 없는데
어떡하지? 어떡하지?
밤늦도록 고민하다
다음날 교회에 가지 않았다.

이제는 말할 수 있다

동네에 있는 가게는
문 밖 매대에 과일을 펼쳐놓고 팔았는데
아홉 살 무렵 주변을 어슬렁거리며 안팎을 살펴보다
얼른 사과 한 개를 훔쳐 달아난 적 있다

맛있게 먹었다

그날의 짜릿한 성공을 추억하며
며칠 뒤 다시 가서 간 크게 거사를 감행하다
그만 걸리고 말았다
참담한 마음에 고개만 떨어뜨리고 있는데
다행히 주인아저씨는 크게 야단치지 않고
사과 한 개를 거저 주었다

맛은 덜했다

칼국수

공휴일이고 일요일이고 일만 다니던 어머니가 가끔 쉬는 날이면 저녁에 칼국수를 먹었다.

밀가루 반죽을 한참 치댄 후 커다란 양은 쟁반 위에 올려놓고 다듬잇방망이로 밀어 납작하게 만들고 나면 들러붙지 않게 밀가루를 흩뿌리고 먹기 좋게 잘랐다.

멸치로 육수를 내고, 그게 여의치 않으면 그냥 국 간장으로 간을 하고 애호박 쪽파 당근 풋고추 다진 마늘을 넣고 석유풍로 위에서 끓이다 냄비 뚜껑이 팔팔 대면 썰어놓은 국수 가락을 뿌리듯 넣었다.

칼국수에서 김이 모락모락 올라오면 그만큼 내 마음도 따뜻해졌다. 그렇게 쫄깃한 행복을 여태 맛본 적이 없다.

초라한 출발

변변한 대학을 졸업하고도 변변한 직장을 잡는 데 실패한 나는 내 인생이 허망하게 찌그러들 것 같은 그때, 보험회사에서 영업을 시작했다.

교육받고 선배를 쫓아나가 한 이틀 일하는 모습을 보고 나니 혼자서도 할 수 있을 것 같아 삼일 째 되는 날 혼자 일을 나갔다

고향 가서 머리 숙이는 게 영 마뜩치 않아 오산 가는 300번 버스를 타고 가방을 무릎 위에 올려놓고 창밖을 보는데 겨울 만큼이나 내 가슴도 메마르고 추웠다.

화성군청 3층 총무과에서부터 옆 건물 민원실까지 뒤지며 간절한 마음으로 안내장을 줬지만 누구 하나 청약하지 않았다.

내 첫걸음은 그렇게 초라하고 볼품없었다. 그러나...

꽃 필 때가 된 것이다

변변한 학위 하나 없이 나선 길은
거칠고 구불구불했다.
세상은 저도 성공하지 못했으면서
누굴 성공시키겠느냐고 비아냥댔다
조직을 떠난 사람이 잘되면 안 된다는
보이지 않는 방해도 있었다.
때로는 거친 길 위에서 비틀거릴 때
발로 걷어차는 사람도 있었다
벅찬 고갯길 위에선 출발을 후회하기도 했고
가던 길을 멈추고 싶었으나
그것도 쉽지 않았다.

내가 생존하는 길은
조금씩 앞으로 나아가는 것뿐이었다.
날고뛰는 놈이 꾸준히 하는 놈
이길 수 없다는 말에 승부를 걸었다.
이런저런 칼날에 베인 상처는
더욱 단단하게 아물어갔다.
헐떡이며 오른 고개는
아무나 넘볼 수 없는 성이 되었다.
절망감으로 포기하고 싶을 때는
오기로 견뎌냈다.

그러는 사이 거칠고 구불구불한 길에도
봄 같은 날이 찾아왔다.
드디어 꽃 필 때가 된 것이다.

내가 어리석어

항상 기뻐하라, 했지만
웃는 날보다는 고민하는 날이 더 많았다
쉬지 말고 기도하라, 했지만
육신의 정욕을 위한 기도가 많았다
범사에 감사하라, 했지만
갖지 못한 것을 불평할 때도 많았다

돌이켜보면
내가 원한 것보다는
내게 필요한 것으로 채워주었고
가고 싶었지만 가지 못한 길은
오히려 다행인 적이 많았다
피할 수 있으면 피하고 싶은 길에서는
나를 낮추고 기다리는 법을 배웠다
이 모든 것에
나를 향한 계획과 뜻이 있다는 사실을
그때는 미처 깨닫지 못하였으니,
내가 어리석었다

둔鈍

책을 읽어도
모르는 것은 더욱 많아지고
남들은 책을 읽다보면
뭔가 번쩍하고 떠오른다는데
나는 그런 순간도 없고
민첩하거나 날래지도 않아
둔하고 막히고 답답하여
그저 생각의 갈피들만
어지럽게 무성해져
머릿속을 꽉 채우고

다산이 제자에게 했다는 말
부지런하라 부지런하라 부지런하라
그 말을 믿어볼 수밖에

원풀이

어머니가 근무력증 진단을 받고
처방전 받는 병원도
수원에선 제법 이름 있는 대학병원인데
약을 네 달이나 먹어도 그대로란다

혹시 내 병을 잘못 본 거 아니냐며
더 크고 유명한 병원 가고 싶어 하셔서
환자가 의사 말을 믿고 약을 먹어야지
그렇게 의심하면 효과가 있겠냐고
타박을 하기도 했지만

동네 아줌마들이 그렇게 효과가 없으면
빨리 서울에 있는 큰 병원으로 가봐야지
자식들 뭐하냐고 했다기에
의사 말은 안 믿고 동네 아주머니 말을 더 잘 듣는다고
기어이 한마디 하고 나서야
원하시는 병원에서 이것저것 검사했지만
똑같은 진단을 받았다

먼저 병원 의사가 친절하게
당신 말 잘 들어줬는데
지금 의사는 무뚝뚝하여

별로 마음에 안 든다고 하시다가
자식들 귀찮게 하고 돈 쓰도록 한 게 미안하셨던지
그래도 그전 약보다는 잘 듣는다 하시니
그나마 다행이다 싶다

엄마 어렸을 때

우리 엄마 어렸을 때
아침밥 저녁 죽 먹을 만치는 살았다는데
계집애라고 학교 보내주지 않아
동네 누가 공부 가르쳐준다 하면
기억 니은 배우고 싶은 마음에
몰래 콩 퍼내 연필 한 자루와 바꾸고
몰래 쌀 퍼내 누런 공책으로 바꿔
그렇게 겨우겨우 한글 깨치고
구구단 외웠다는데

우리 엄마 넋두리
공부만 시켜줬어도
공부만 시켜줬어도

엄마가 해준 밥

엄마가 해준 밥을 먹고 산 세월과
그렇지 않은 세월이 엇비슷하게 되었건만
아직도 엄마가 해준 밥은 맛있다

고춧잎이나 콩나물 무침 같은 나물 두어 개에
열무김치와 풋고추 몇 개
그리고 국 한 그릇

엄마는 늙어서 맛을 모르겠다지만
군대에서 휴가 나와 먹던 밥이나
객지를 떠돌다 돌아와 먹던 그 밥맛과
어쩌면 이렇게 오랜 세월 똑같을 수 있는지
엄마가 해준 밥은 지금도 맛이 있다

쇼핑이란 이런 것

딸아이 샌들 사주려고 신발 가게 갔는데
나 같으면 마음에 드는 것 골라
발에 맞나 안 맞나 신어보고
계산까지 하고 나오는 데
십 분이면 충분할 텐데
딸애는
생각보다 예쁘지 않다
뒤꿈치가 까질 것 같다
바닥이 푹신하지 않다
고리가 불편하다
끈이 마음에 안 든다
그렇게 삼십 분은 족히
있는 신발 모두 신어 본 듯한데
결국엔 살만 한 게 없다고 그냥 가잔다
그러고 나서 다시 옷가게로 들어가는데

가족여행

우리 어디 가지?
여주에 있는 명성황후 생가 갈까?
사람들이 웃던데요.
가족여행을 생가, 묘, 역사 유적 같은 데 간다니까
그럼 신륵사로 갈까?
아빠 나 교회 다니는데요.

어디로 가는 중이예요?
정약용 생가,
거기 볼 거 많아
푸홋, 결국...
강, 바다, 산 이런 데 없어요?
거기 가면 다 있어

이제 어디로 가요?
몰라. 그냥 가는 거야
아빠 내비게이션 '집으로' 한 것 같은데
벌써요? 2시 밖에 안됐는데
집에 가서 한숨 자야지
피곤해

고집

골프채까지 주겠다며 제발 골프 좀 배우라고 성화독촉하는 친
구는 나이 먹어 뭐 하겠냐고 일박이일 골프하러 가서 함께 걸으
며 운동하고 대화하고 사우나하고 식사하면 얼마나 좋으냐고
늙으면 골프밖에 할 게 없다며 벌써 몇 년째 밀어붙이고 있다

그럴 때마다 이젠 게이트볼 할 나이라는 둥 운동신경이 둔해
서 배워도 제대로 할 수 없다는 둥 말도 안 되는 핑계까지 대지
만 술 얼큰하면 또 전화해서 골프 싫으면 당구라도 배우라며
큰 공을 치던지 작은 공을 치던지 하나는 해야 하지 않겠느냐
며 성가시게 군다

40여 년 전 까까머리로 만나 이젠 각자 사는 곳이 다르고 일 년
에 두세 번 만나 밥이나 먹는 게 고작이지만 그래도 쌓은 정이
많아 그 정 이어가고 싶은 마음 모르는 것은 아니지만

나이 들어 할 게 왜 골프밖에 없을까, 하는 의문이 머릿속을 떠
나지 않는다

감기

내 감기가 시작하던 날 밤은
별이 유난히 반짝였지만 공기는 찼다

처음에는 가볍게 왔지만
쉽게 떨어질 듯 하면서도 떨어지지 않았다

몇 번을 큰 병 비슷하게 앓기도 하다가
다 나은 것 같다가도 다시 기침을 반복했는데

양재에서 오징어를 먹을 때 가장 심했다
갈듯 말듯 하던 감기는
한 번 더 나를 심하게 괴롭히더니
다시는 안 올 듯 떠나버렸다

거짓말처럼 기침이 멎었다

가장 뜨거웠다던 여름에
가장 길게 감기를 앓았던 것이다

밴댕이 소갈딱지

전철을 타고 서울 가는데
재수 좋게 타자마자 자리를 잡았다
기쁨도 잠시 다음 역에서
할머니 한 분이 타더니
시적시적 내 앞으로 오는 것 아닌가
자리를 양보하고 착한 일 했다는 뿌듯함에
당당히 서서 가는데
재수 좋은 날은 계속 좋은 듯
그 다음 역에서 바로 자리가 났다
얼른 앉으며
역시 착한 일 하면 복을 받는구나, 속으로 생각하는데
다음 역에서 노인 예닐곱 명이
한꺼번에 타더니 두리번거리며 자리를 찾았다
다들 고개 숙이고 전화기만 보기에
내가 먼저 일어났다
속으로는 또 자리가 나겠지 했지만
목적지까지 내내 서서 갔다

그때 드는 속 좁은 생각
왜 노인들은 고맙다는 말을 안 하지?

한 살 더 먹으면

나는 언제쯤 욱하는 성질을 버릴까?

사소한 일, 그러니까 전화를 받지 않는다거나 늦게 받는 것, 약속 시간을 지키지 못하는 것에 욱하기는 좀 그래. 나도 그럴 때가 있으니까. 마누라가 회식하러 나갔는데 1시가 넘어도 들어오지 않을 때는 욱해도 괜찮을까. 아직은 테스토스테론 찌꺼기라도 남아 있다는 증거일 테니까. 권력자나 대기업의 부당한 짓거리 정도에는 욱해야 폼이 좀 나는 건데 나는 좀생이처럼 사소한 것에나 욱하며 산다.

한 살 더 먹으면 좀 너그러워지려나

효도, 별 것 아닌데

올 겨울 가장 춥다는 혹한이
세상을 덮은 날
추운데 어떠시냐고
잘 계시냐고
전화 한 통 드렸더니
그렇게 기뻐하시는
어머니 목소리를 들으며
나는 알았다. 전화 한 통이
효도가 될 수 있다는 사실을
부모가 원하는 것은
그 무엇도 아닌
전화 한 통이란 사실을
그게 부모 마음이라는 것을

반성

아침에 출근하려고 엘리베이터를 탔는데
이사 온 지 얼마 안 됐는지
낯선 젊은이가
양손에 쓰레기봉투를 들고 인사를 한다

"나는 한 번도 쓰레기를 버린 적이 없는데" 했더니
"그러게요. 갖다 버리라고 문 앞에 놔둬서요."

아내는 한 번도
쓰레기를 버리라는 말을 하지 않았고
나도 그럴 생각 없이 살았다

늙어 밥술이라도 얻어먹으려면
이 정도 일은 해야 한다는데
그동안 노후 준비를 너무 소홀히 했다

구두를 닦으며

부산 범내골역에서 구두 닦는 아저씨
12살에 시작하여 거의 50년을 닦았단다
"이 바닥에선 10년을 일해도 초보자야.
나처럼 닦을 수는 없지" 하는데
자부심이 묻어난다

"구두 닦는데 비가 더는 안 오겠지요?" 했더니
구두는 원래 비 오는 날 닦는 거라며
그래야 오래 신을 수 있단다
어려울 때 준비하고 불경기 때 투자하라는
박사님들 말보다 더 현실감 있게 들린다

나는 얼마나 더 공부해야 이런 경지가 될까?

언덕

다리 다친 딸을 태우고
나무들이 아이들만큼이나 싱그러운 대학에 왔다
대학들은 왜 이렇게 산을 깎아
꼭대기까지 건물을 올리는지
학생들은 저 밑에서부터 무거운 가방을 지고
헉헉거리며 걸어 올라오고 있다
그래도 학교를 오르는 이 길이
인생을 살며 가장 편한 언덕일 것이다
이 정도 오르막은 걸어서 올라도
땀을 흘려보아도 의미 있을 텐데
택시는 왜 타고 오는지
시간이 늦어서 그랬다면
조금 일찍 출발하는 자세가 필요하고
학교 밖 오르막은
이보다 몇 곱절 가파르고 힘들 것인데,
같은 말을 해주고 싶다가도
그저 꼰대들이라 하는
잔소리일지 모른다는 생각에 참았다

착각

서점에 들러 시집 몇 권 사들고 마음이 흐뭇하여 이놈들
덕분에 며칠 신나겠구나 생각하고

시집 속지에 이름을 써 넣으며 한 권 한 권 밤 깊도록
읽다 보니 내 시는 시도 아니구나 자책하게 되었는데

관찰도 사유도 한참 부족한 쓰레기 같은 단어들 줄줄이
늘어놓기만 하였으니 똥 묻은 잡것들을 똥 묻은 줄도
모르고

그것도 시라고 우쭐하였으니, 그러고 또 이렇게 시랍시고
끼적거리고 있으니 에라, 잠이나 자야겠다

3부

봄

비 갠 뒤
이팝나무 꽃
다복다복 환한데

그 밑
애기똥풀 꽃

나를 아세요?

봄꽃

개나리꽃 목련꽃 피고 지더니
유채꽃 한꺼번에 쏟아져 나왔다

진달래 영산홍 철쭉 헷갈리는데
매화꽃 벚꽃 살구꽃도 그놈이 그놈 같다

명자꽃 미치도록 붉다

봄비

이제
봄이 왔다고
세상을 두드리는 소리

후두둑—

깨어나라고

애기똥풀

굵고 당당한 암술 하나에
초라한 수술
다닥다닥

자존심도 없나
생각하다
그것도 생존을 위한
몸부림이라 생각하니

그럴 수도 있겠다

접시꽃

고갯길 옆에
말없이 서서

흔들거리며 기다릴 뿐

별을 품고도
어찌할 수 없는

키가 커서
더 외로운

슬픈

벚꽃

크지도 않은 꽃이
저토록 찬란한 것은
수천 수만 개가 활짝,
동시에 반짝이기 때문이다

떨어지는 모습조차
저토록 아름다운 것은
수백 수천 개가 우수수,
함께 꽃비가 되기 때문이다

혼자서는 찬란할 수 없어
혼자서는 아름다울 수 없어
함께 하는 것이다

꽃들 잔치

그래 얼마나 보고 싶었을꼬

개나리는 진달래를
진달래는 벚꽃을
벚꽃은 살구꽃과 매화를
매화는 목련을

그동안 오고가는 길이 엇갈려
그리움에 시들었는데
잔치를 열어 한데 불러 모았구나

그래, 가끔은 이런 날도 있어야지
누구 생각인지 참 기특도 하네.

백목련

집 앞 백목련을
가만히 들여다보다 깨달았네
꽃이 지고 나면
다른 꽃으로 눈 돌리고 마는
치졸함이 내게 있음을

집 앞 백목련을
가만히 들여다보다 알았네
이루지 못할 사랑에
애태우는 마음을

꽃기린

목이 길다고 다 슬픈 것은 아니다
이렇게 오랫동안 꽃을 피우며
제 삶을 즐기는 것도 없으리라

어떤 것은 일 년에 겨우 며칠
요란스럽게 꽃 피우고 가지만
너는 목을 길게 빼고 서서
지칠 줄 모르고 피어나는구나

아직 한 번도 꽃 피운 적 없어
부러울 수밖에 없는

장미꽃 1

붉은 비단 겹겹이 두르고 신비스런 향기로
세상을 홀렸습니다

그러고는
어느 따뜻한 봄날
매파 불러들여
아늑히 초례를 치르고는
얼굴 붉히고 서 있는

장미꽃 2

이렇게 오월,
하늘 따뜻한 날이면
영락없이
고개를 쳐드는

꿈에서도 보고 싶은 꽃
누가 볼까 감추고 싶은 꽃

내 연인이 되었으면
좋은 꽃

산수국과 종지나물

실력 있는데
남이 알아주지 않는다면
속이 꽉 찼는데
남이 알아주지 않는다면
가짜 꽃으로 나비를 유혹하는
산수국한테 배울 것.

그러나 개뿔 없으면서
거들먹거리는 사람들
말만 번드르르한 사람들
겸손하고 성실한
종지나물에게 배울 것.

능소화 1

임 소식 그리워

담장 아래로
쭈―욱,
내려와

나팔 귀
쫑긋.

능소화 2

가로등 아래 핀 능소화를 한참 보고 있는데
내게 말을 건다

왜 나를 보세요?
좋아서
왜 제가 좋아요?
그냥 좋은데
그래도 갑자기 좋다고 하시니
사랑이 그럴 수 있나요?

좋아한다는 것은
머리보다 가슴에 먼저 신호가 오는 거야
그래서 갑자기 좋아지지

사랑은 그렇게 벼락같은 거란다

배롱나무 꽃

그리움은 계절도 없다

할 수 있는 일이라고는
내내 그리워하는 일뿐이었다

가슴에 컴컴한 구멍이 생길 때

그 때,
배롱나무에 분홍 꽃이 피었다

편백나무

유혹 많은 세상에서 흔들리지 않고
제 자리 지키며 살기가 얼마나 힘든 일인가

시련 많은 세상에서 좌절하지 않고
꼿꼿하게 서 있기가 얼마나 어려운 일인가

곧게 몸을 세워 머리를 하늘에 두고
벼랑 같은 비탈에서도 당당하게 뻗어 올라
마치 세상은 이렇게 살아야 한다고
알려주는 듯한데

곧고 올바른 척 겨우 흉내나 내다
이리 쏠리고 저리 쏠리며 먼지처럼 살아 왔으니

네 그늘 아래 앉아 있기가 부끄럽구나
네 옆에 서 있을 자격도 없구나

편백나무 숲

마음이 힘드시거든
편백나무 숲으로 가 보시라
시원하게 뻗은 나무 아래
가만히 앉아 있기만 해도
힘든 마음
내려놓을 수 있으리니

이리 갈지 저리 갈지 모르시거든
편백나무 숲으로 가 보시라
당당하게 도열한 나무들을
가만히 바라보기만 해도
무엇이 올바른 길인지
판단할 수 있으리니

개망초

저 혼자만으로는
안 되겠다 싶었는지
항상 뭉텅이로 솟아오른다

그래야 거칠게 밟혀도
살아남고
태풍에 쓰러져도
살아남을 수 있다고

약한 것들은
혼자 안 되면 둘이
둘이 안 되면 셋이
함께 견디는 거라며

개망초는 항상
단체로 솟아오른다

털별꽃아재비

밤하늘 저 높은 곳에만
별이 있는 줄 알았다

그래서 별이란
높은 곳에서만 고고히 빛나는 줄 알았는데
우리가 흔하게 지나치는
길옆 공터 산길 여기저기에도
별이 있었구나

낮에 볼 수 있는 별
낮은 곳에서도 볼 수 있는 별
우리가 모두 반짝이는 별이라고
가르쳐 주는 꽃

메타세콰이어

쓰러지고 꺾이고 부러질 일이
얼마나 많은 세상인가
때로는 뿌리째 뽑힐 것 같은 두려움에
스스로 자신의 뿌리를 뽑기도 하고
세찬 바람과 모진 추위 같은 고통에
버틸 힘을 잃고 희망마저 꺾여
가치관을 내동댕이쳐야 하는 세상에서

딛고 선 다리에 불끈 힘을 주어
울퉁불퉁한 근육을 만들고
무릎과 허리를 단단히 펴서
흔들리지 않고 서 있는
메타세콰이어!

그러고는 아무 말이 없다.

처서

바람이 선선하다

여름 내내
뜨겁게 사랑한
능소화가
지려나 보다

이제
쑥부쟁이 올라오겠지

가을 산

저 산이
다 타고나면
내 가슴
진정되려나

내 가슴
다 타고나면
저 산에
하얀 눈꽃 피려나

코스모스

내가 당신이 오고가는 길옆에서
이렇게 하늘거리는 것은
당신 모습, 혹시
놓칠 것 같은 조바심 때문입니다.

내가 가늘고 긴 허리로
이렇게 꽃잎을 받치고 있는 것은
당신 마음, 혹시
떠나 갈 것 같은 조바심 때문입니다.

내가 마음 졸이며 수줍게
꽃잎 여덟 개를 펼쳐 보이는 것은
꽃잎 하나하나가 수금지화목토천해
당신을 맴도는 별이기 때문입니다.

나무들이 이파리를 떨어뜨리듯

겨울에 나무들이 이파리를 떨어뜨리듯
우리도 때로는 버려야 할 것이 있다

이파리를 버리며 운명 같은 겨울과 대결을 준비하듯
우리 인생도 싸워야 할 운명이 있기 때문이다

그것이 생존에 관한 것이든
역경과 질병에 관한 것이든
부와 명성과 권력에 관한 것이든,

이기기 위해 이파리를 버려야 한다

은행나무

봄여름에는 존재감이 없다

잎 노랗게 물들고
그것이 바닥에 뒹굴 때쯤.

탄성을 지르던지
아쉬워하던지

남이 알아주지 않는다면
아직 푸르다는 뜻

첫눈

눈은 한없이
호수 위로 내려앉는데
첫눈처럼 반가운 사람은
오지 않는다

사람을 기다릴 때는
호수 옆이 좋아
마음이 좀 부드러워지거든

무심하게 눈만 받아먹는
호수 위로
낙엽 하나 띄워 보내면,

첫눈 같은 사람이 올까?

숫눈

밤새 도적같이 눈이 내리고
세상을 하얗게 덮어 버리면
마치 세상의 더러운 질서라든가
수많은 허위를 다 덮어버린 듯하여
저벅저벅 그 위를 걸어가기가 두렵다

지난날의 그늘이나 허물까지
모두 지워 버릴 수 있다면
도화지에 새 그림을 그리듯
조심조심 그 위를 걸어갈 수 있을 것이다
나는 아직 사랑할 게 많다

겨울비

겨울비가 내릴 때는 울고 싶어지지
울고 싶은데 눈물이 흐르지 않는 것은
눈물이 가슴에 고이기 때문이야
둑이 무너지듯
한 번쯤은 가슴이 무너져 내려야
고인 눈물을 쏟아 낼 수 있어
그래야 새로 시작할 수 있거든
그게 남아 있으면 답답해

4부

벤치

1.

벤치에서 시간은 어제에서 오늘로 빠르게 흘렀다
바깥바람이 찼다
저만치 아파트 불빛이 하나 둘 꺼지고
대신,
하늘이 별을 내었다
그대 슬픔을 위로할 별이었으면 했다

2.

개망초 흐드러지게 피었다,
싸리나무 꽃 달맞이꽃 코스모스 각자
자기 삶을 꽃 피웠다
벤치 앞을 지나는 모든 사람 삶 속에도 꽃이 들어 있으리라
우리에게는 어떤 꽃이 있을까
그 꽃을 피우고 싶다

3.

벤치 저 멀리 바위산이 보였다
태고부터 태풍과 벼락을 견디고
뙤약볕과 강추위까지
저렇게 우뚝 서서 미동도 없이 이겨냈다
비가 내리자 바위산이 희미해졌다

그렇다고 바위산이 사라지지 않는다
우리 마음도 딱 바위산만 닮았으면 좋겠다

4.
벤치 앞에 흐르는 개울물은
날마다 낯선 곳으로 흐른다
내게 있는 허울
고통 이별 외로움 모두 벗어 버리고
개울물처럼 흘러 낯선 곳으로 가고 싶을 때가 있다
낯선 곳이 편하다

청명산

발등이
찍혀 나간 지는
이미 오래

어깨 무너지고
가슴과 허리에
구멍 났지만

생명들
숱하게 품고는 죽을 수 없다는
어미 같은 본능

봄, 무덤 앞에서

운동기구가 있는 산 밑 공원을 지나
비탈진 산길을 오르다 보면
노란 꽃 개나리로 울타리를 두른
작은 무덤이 하나 있다.
변변한 석물 하나 없는
이름 모를 촌부의 무덤이지만
묘를 쓴 지 삼십 년이 넘어도
부지런한 후손 덕에 깔끔하게 정돈되어 있다.
나무나 풀들이 뿌려 놓은 씨앗들이
봉분 위로 삐죽삐죽 싹을 틔우고
까치가 내려앉아 서성거리며 연실 부리로 쪼아대고
산벚나무 진달래 봄맞이꽃이 드문드문
자신의 존재를 드러내고 있는데,
저 안에는 무엇이 있기에 이리도 조용한가.

우화羽化

이제 밖으로 나갈 시간
본능으로 느꼈으리라
힘을 주어 머리를 들어 올리자
몸을 싸고 있던 껍데기가 찢어진다
일단 머리부터 밖으로 내밀고
다리를 꺼내야 하는데 힘이 없다
한참 숨을 고르고
다시 한 번 힘을 써서 상체를 들어올린다
다리가 나오고 더듬이도 움직인다
조금만 더
조금만 더
나비는 기를 쓰더니
기어이 제 몸을 다 꺼내 놓는다

아직 날개는 물 먹은 종이처럼 축 늘어져
힘을 쓸 수 없다
가는 다리로 몸통과 날개를
지탱하기가 버겁다
남은 것은 기다림뿐
날개가 힘을 얻을 때까지 기다려야 한다
날개가 힘을 얻을 때까지 기다려야 한다
나비는 꿈을 꾸었으리라

드디어 하늘을 나는구나
모두 나를 부러워하도록
하얀 날개를 펄럭이며 멋지게 비행해야지

이때 바람이 훅 불었다
가는 다리에 힘을 꽉 주었지만
버티지 못하고 땅에 떨어지고 말았다
흐느적거리는 날개가 천근만근 같아
기어가기도 힘들다
이 때 개미 떼 수십 마리가
인정사정없이 덮쳐 버린다
할 수 있는 건
다리와 더듬이를 허우적대는 것뿐
절망뿐.

모래톱 이야기

바다는 바닷가를 사랑했다
바다는 울렁울렁 달려와
쓰다듬기도 하고
찰싸닥 찰싸닥 때리기도 하다가
그래도 꿈쩍하지 않으면
가끔은 세차게 몰아쳐 깊숙이 파고들었다

바다는 바닷가를 사랑했다
그렇게 긴 시간
울렁대는 가슴을 지니기도 힘든 법
바닷가는 바다를 온몸으로 맞으며
밤마다 모래알 하나씩 낳은 것이다

봄바람

봄바람만을 가슴에 품은 채
살 수는 없는 걸까?

나는 안다. 그런 바람은
제 심장으로 일으키고
제 가슴으로 불게 하여
제 스스로 품어야 할 바람이란 것을

그래야 가슴속 얼음 같은 응어리
꽃 피듯 녹여낼 수 있으리니

비비추 꽃 피기 전

어떤 좋은 소식 기다리는가
산길 따라 늘어선 비비추는
꽃줄기 길게 빼고
도토리만한 꽃망울 만들어 놓고선
한 방향만 바라본다

그들이 기다리는 것은
제 몸보다 수십 배 높은
숲 천정 작은 틈으로 들어오는
손바닥만한 햇볕

세상은 이렇게 높은 것들이
작은 것 권리를 빼앗는데
나도 다른 사람 햇볕
가로막지나 않는지
돌아보게 하는

비비추 꽃피기 전

대기待機

활짝 핀
벚나무들 가운데
아직 피우지 못한
놈, 한 그루 있네

나를 닮았구나
좀 늦을 뿐

떨어진 감

오산 세마대 근처
레스토랑에는 감나무가 있지

잎이 푸르고 키가 큰 감나무

나무 밑엔
터져버린, 썩은 것 같은
아무도 관심 주지 않는
더러운 감이 있지

툭 터져버린 가난한 감
나를 닮은
달콤한

기다리는 마음

오후 3시쯤 지루하다 싶으면 연구실을 나와 신갈천을 건너고 금계국 흐트러지게 피어 있는 학교 앞을 지나 용뫼산으로 산책을 간다

백남준 아트센터 뒤편으로 난 길을 오르다 보면 까치가 깍깍거리는 나무 아래 누구를 기다리는지 애기원추리가 가는 철사 같은 목을 길게 빼고 하늘거리고 있다

기다린다는 것은 가슴 저리는 일이라서
기다려 본 사람만이 아는 것이라서

구부리고 앉아 가만히 애기원추리를 바라보다 측은한 마음에 쓰다듬었더니 갑자기 내 목이 철사처럼 길쭉하게 늘어나는 것이었다

무상無常

우리 집에서 경희대까지 걷는 길에 그렇게 붉게 빛나던 장미
는 시들고 수국은 이미 다 떨어지고 말았습니다 봄과 함께 온
개나리꽃 목련꽃 이팝나무꽃 영산홍 철쭉은 흔적도 없이 사라
졌습니다

이제 곧 맥문동이 자주색 꽃대를 밀어 올리고 학교 앞 무궁화,
담장 위 능소화, 공원에는 배롱나무꽃이 피어오를 것입니다

배롱나무 가지 끝에 붉은 꽃이 남아 있을 때 코스모스 벌개미
취 구절초까지 피고 지고나면 이 세상 천지에 눈꽃이 피기 시
작하는데,

어느 꽃보다 크고 슬프고 하얀 눈꽃은 세상 모든 꽃을 덮어버
리고 말 것입니다 한때는 그렇게도 때깔 좋은 꽃들이 모두 시
들어 눈 속에 덮여 버릴 것입니다

빗소리

창가에서 가만히 빗소리를 듣는다
빗소리가 들려야
꽃이 피고 열매가 여물고 벼가 익고
그래야 내가 살 수 있다

빗소리가 나를 살리는
밥이라 생각하니
이렇게 고마울 줄이야

새벽에 장대로 쏟아지는 빗소리에 깼다
빗소리가 들려야
물고기가 살고 돼지가 살고 소가 살고
그래야 내가 산다

아침 일찍 먼 길 가는데
귀찮게 비가 오네 하다가도
빗소리가 나를 먹여 살리는
밥상이라 생각하니
이렇게 감사할 줄이야

이별

장미는 시들어 가고
목백일홍이 붉은 고개를 들고 있을 때쯤
매미가 허물을 벗듯이
나타났지요

그러다

코스모스처럼 하늘거리다가
구절초처럼 애태우다가
심비디움이 뜨거운 심장을 품고
노랗게 피어오를 때
눈 녹듯 사라졌어요

백목련 피려면
한참이나 남았을 때

그리움

이팝꽃
배부르게 피었어도

헛헛한 가슴에
백일홍이 사무치네

그 많은 달맞이꽃은 또
어이할까나

분수

물은 원래
아래로 내려가야 하거늘

제 분수 모르고
거꾸로 솟아오른다

저를 바보처럼 무시하는 것들에게
욱하는 성질 보여주려는 듯

대부도

그리움이 밀물처럼 몰려오기도 하고
썰물처럼 빠져나가기도 하는
겨울, 바다는 차다

내 가슴만큼이나 흔들거리고
내 심장처럼 출렁거리는
겨울 바다는, 차다

내 속에 어둠이 깔리듯
바다에도 시커먼 어둠이 스며들면
겨울, 밤바다는 차다

바다는 계속 출렁이는데
얼어붙은 가슴에는 설렘이 없어
겨울 밤, 바다는 차다

제주

먼나무 붉은 열매가 다다귀다다귀 달렸다

하늘은
수평선 위로 솟아오르며
구름을 만들어 내고
바람은 파도를 타고 와서
섬으로 퍼졌다

올레는
바닷가 길을 따라가다
어느덧 마을로 들어서고
과거와 현재를 이으며
굽이감아 흘렀다

동백나무 꽃망울 붉게 터진다

제주에서

그리움을
올레에
뿌려 버려도
자꾸,
가슴으로 파고들어
헛헛함이
파도마냥
끊임없이 몰려왔다

파도는
부서져
별이 되었다

채혈실 앞에서

채혈실 입구에 걸린 시계가 붉은 색으로 시간을 나타내고 있다.

피 뽑는 순서를 알리는 전광판 번호도 붉다.

병원 곳곳에 있는 전광판이 모두 붉은 핏빛이다.

기다리는 사람들 몸속에 붉은 줄이 가득하다.

몸 안에 붉은 줄을 칭칭 감고 우리는 살아가는 것이다.

그러고 보니 세상이 온통 핏빛이다.

이 붉은 줄에 피가 더 이상 흐르지 않을 때까지,

피를빨고피를부르고피를뽑히고피가마르고피를토하고피를
흘리고피를보고

윤동주문학관에서

기념할 수는 있어도 고통을 나눌 수는 없다

시를 읽을 수는 있어도 느낄 수는 없다

별을 볼 수는 있어도 노래할 수는 없다

추측할 수는 있어도 진실을 밝힐 수는 없다

가까이 있는데 만날 수는 없다

치악산 상원사

절이 깊을수록
겨울은 잔인하다
아름답게 쓸쓸하다

사랑이 깊을수록
헤어짐은 잔인하다
자릿자릿 아리다

천남성으로 가고 싶다

풍수원 성당

이백 년 전
여기는 어떤 모습이었을까?
도망친 사람들
산 넘고 물 건너
겨우 이곳 숨어들어
감자 심고 옥수수 심어
질긴 목숨 이었을 터인데

여전히 깊숙한 이곳
흠모하며 찾는 이 넘치는
우뚝한 성지 되어
발 딛고 서 있기만 해도
그 거룩한 열정 전해지는 듯하니

우리가 누리는 뭐 하나라도
피땀 배어 있지 않은 게 없다.

절에서

친구 따라 한참을 구부구불 올라
향수산 중턱에 이르니
요사채 앞세운 절 하나 있다.

통일신라 때 지었다가 누가 누가 중건해서
오늘에 이르렀다는 절
석탑과 종각이 묵언 중인 마당은
여느 절처럼 조용하다.

절이 다 그렇지 생각하는데
친구가 부처님께 절을 한다고
대웅전으로 들기에
호기심으로 따라 들어갔더니
밀려오는 기운이 예사롭지 않다.

수백 갠지 수천 갠지
손바닥 만한 부처들로 벽을 둘렀는데
거기서 나오는 기운인지 어쩐지
다른 절에 없는 기운이 나를 둘러쌌다.

왠지 내 지은 죄를 다 알고 있을 것 같은
가슴속 켜켜이 쌓인 번뇌를 다 알고 있을 것 같은

아니면 나와 무슨 승부를 하려는 듯
무릎에 기운을 빼는 이상한 힘 같은 것

유전流轉

사랑을
다 보여줄 수 없어 안타까운
나뭇잎들이
빨갛게 물들었다지요

그리움
어찌할 수 없어 떨어진
나뭇잎들이
사각사각 몸부림친다지요

그렇게
속으로 삭이다가
속으로 삭이다가
봄이 오면
파랗게 환생한다지요

구절초 피어 있는 뜻

흉흉한 말과 지저분한 일들로 가득차서
세상 어디에도 하얗고 순수한 것은
모두 사라지고 없을 줄 알았는데
영통 반야사 오르는 비탈길 옆에는
모두 다 그런 것만은 아니라는 듯
구절초 도도하게 피어올랐다
아직 깨끗하다고 이만큼 순수하다고
그러니 살아갈 이유 충분하다고
웅변하는 듯한데
모두 한쪽으로 향한 얼굴이
짐짓 간절해 보이기까지 하여
이 어둠 속에서 구절초 가만히 보고 있자니
추잡함과 거짓과 변명과 참담 속에도
구절초 같이 순실한 구석 하나쯤은
어디에 있을 것이라는 믿음을 저버릴 수가 없다

저녁 운동 길

영통 2단지에서 경희대 정문까지는
내가 밤마다 운동 삼아 걷는 길
해 떨어지고 나면 집을 나와
가을이면 노란 잎이 깔리는 은행나무
밑을 걸어 청명초등학교를 지난다.
쌍용아파트 입구를 지나 청명역 가는 길에
봄이 오면 복스러운 이팝나무 꽃에 눈이 부시고
가을이면 벌개미취와 맥문동이 보여
한번쯤은 꽃 앞에 서지 않을 수 없다

청명역에서 수원하이텍고등학교 쪽으로
컴컴한 청명산 아랫길을 지나면
늦가을 반야사 오르는 길에 구절초 눈부시게 빛나고
교문 옆에 무궁화 꽃이 피어 있는 학교가 보이면
가끔 안으로 들어가 정문 옆 벤치에 앉아
밤하늘 별을 보다 갑자기 비가 내리던 날
비를 피해 운동장 스탠드에 앉아
이런저런 생각에 잠기기도 했다

담쟁이가 기어오르는 축대 사이사이
늘어진 장미와 능소화가 유혹하는 길을 걸어
4단지 끝 사거리에 오면

쉴 수 있는 정자와 벤치가 있다.
이곳에 앉아 머릿속으로
강의할 것을 짚어보기도 하고
쓰고 있는 책에 무엇을 쓸지 고민을 하다
가끔 윗몸일으키기를 하고
다시 일어나 개나리꽃이 예쁠 때가 있는
길을 걸어 새문안교회 앞을 지난다

고기집이 있다 일식집이 있다
대리운전 기사와 취객과 자동차들이
얽혀 있는 어수선한 길을 통과해
비탈진 길을 오르면 경희대 앞이다.
다리운동 허리운동 가슴운동 할 수 있는
운동기구에서 몸을 풀며
어둠 속에 피어 있는 목백일홍을 본다
보름달을 볼 때도 있고
초승달을 볼 때도 있고
내 가슴이 보름달처럼 부풀 때가 있고
초승달처럼 서늘할 때도 있고
목백일홍처럼 그리울 때가 있다